太古之上

島　著

目
次

7　脫

9　虧心事

10　讓聲音決定

12　三人行，必有我師

13　盲步

15　禮物

16　生為歌唱

17　畏光

19　告別

20　孕

22　寓言

23　意外

24　刮刮樂

25　好鼻師

26　下雨的預感

28　非自由落體

29　黑窗

30　火光

31　卡夫卡的門

32　趕路

34　手

35　孤單的燈塔太過孤單

36　消波塊

37　摺紙

38　如果死神那麼靠近

41　前世

42　晚安曲

44　黑暗中的光亮

45　更寬闊的天空

46　後知後覺

48　圖書館裡的情侶

49　沈船

50 閒聊

53 連環圖

54 弧

57 阿里巴巴

59 道成肉身

60 花瓶

61 文藝備忘錄

62 雅各

64 秋

65 代言

66 諧擬

67 國防總預算

68 登高望海

70 Missing Dates

71 剪

72 我同那人講述那個刑天他娘的故事

73　末日之題

74　即使末日也要跪悔求梳我們的獵鬟

77　香灰

78　縫

79　夸父

80　〔美麗的珍珠為誰所鑄〕

81　荒土之上誰與峻風作唱？

83　〔典範總是存在〕

86　太古之上（行星組曲）

92　永泰興

93　夜行軍

94　焚而不燧

脫　　　　　夏天脫掉了春天
　　　　　　秋天脫掉了夏天
　　　　　　冬天脫掉了秋天
　　　　　　春天脫掉了冬天
　　　　　　一直一直
　　　　　　循環不息
　　　　　　沒大沒小的俄羅斯戲法
　　　　　　同理是否可證
　　　　　　亞里斯多德脫掉了施洗者約翰
　　　　　　莊子脫掉了亞里斯多德
　　　　　　秦始皇脫掉了莊子
　　　　　　甘地脫掉了秦始皇
　　　　　　林默娘脫掉了甘地
　　　　　　孫中山脫掉了林默娘
　　　　　　愛因斯坦脫掉了孫中山
　　　　　　我脫掉了愛因斯坦
　　　　　　等等
　　　　　　可是算命的師父說我前世是隻豬…
　　　　　　那麼－
　　　　　　師父你前世是鴨嗎？
　　　　　　別誤會
　　　　　　我只是想知道
　　　　　　到底誰脫掉了誰
　　　　　　我脫掉了哪一位
　　　　　　哪一位脫掉了我
　　　　　　嗯

我可以脫掉嗎？
我可以脫掉嗎？
可以脫嗎？
可以脫嗎？

虧心事

夜裡總有人敲我的門
重重捶響淺寐的貓兒們
渾渾洪洪鑼亮的拳擂
細細貓嚎雨裡轟隆的鈍雷
碰碰發抖的我的心口
鎖得忐忑　捧滾水的熱鍋

沉沉夜裡遲遲不敢開門　我
是個詩人

讓
聲
音
決
定

究竟詩該怎麼寫
應當最是完美？
什麼樣的作品才是更臻完美的藝術，
叫人不得不，連拆出個字來分析都捨不得？

讓聲音決定；一
我曾經這麼聽說。
如果有首詩讓你唸著唸著
不由自主沒來由地
從背脊發涼起來，
那麼，那就是了。

讓聲音決定。
真是條金科玉律。
從那之後我牢牢熟記在心，
讓聲音決定。
讓聲音決定。

之後的好多年我一直如此試金，
低聲頌讀每一首我看見的詩；
甚至小說，或是戲劇，
或是無意義的冗長散文，或是報章雜誌；
直至到了後來
任何我所低吟的事物
已不再對我產生意義，
就連最被傳誦的詩行

也不再令我背脊發涼。
所有塵世裡陌生的臉孔，
我皆熟稔不感驚訝；
所有熟悉的，所有毋須閉眼即能想像的
卻變得遙遠、不可知了。

曾幾何時我竟然
踏進一團巨大的疑惑，
那疑惑裡
沒有顏色，沒有氣味，
連聲音都沒有。

我不知該如何繼續，
於是停下腳步。

當我又回過神，
發現我手握紙筆，
不曉得正要寫下
或是要填上什麼紀錄；
眼前的路口往兩邊分岔，
我突然再次憶起
那條金科玉律：
揪著胸膛我聽見規律的聲響—
讓聲音決定
讓聲音決定

三人行，必有我師

當香火淹過鼻樑　淹過眾人的眉宇及目光
我們豈是廟堂裡最後的一班？
月光底下若還有誰不能安眠
也只有鬼魅　只有我們
橘紅的燈火還不及燭光明豔
天花板上搖晃因煙霧而微暗

您乘著轎來如狂風如怒雷
所有光芒都求鑲在您的披衣
他覆誦真言是半個神仙
凡夫如我恨聽不見浩浩神威

若非早春的雲靄太過招搖
搖晃的月兒該能為我點亮前方的路
香火淹過鼻樑淹過我　淹過杯筊和籤條
巍巍廟堂若還有誰
那也只有

盲步

還記得多年前的那個夏天
曾經踩過長長的草叢
尋找腳邊惶忽彈起的閃影
多年之後
依舊肆無忌憚踏過草叢的我們
目光已落向更遠的地方

禮
物

我有一份禮物想要送出
懷抱最誠摯最真實的心意
盒子雖不華麗包裝也許樸素
卻是獨一無二這世界最美好的

我有一份禮物想要送出
他們卻遲遲不肯接受
我敲過了每一扇門　喊過了每一個名字
但沒有人願意來打開我的盒子

它是獨一無二這世界最美好的
但現在－
我不確定了

生
為
歌
唱

我想歌唱　我想頌揚
這個世界的美好和妳的美麗
可是妳要的是一隻公雞
要會報曉　要會唱時　要會探風向
要有寬闊的胸膛引一群會下金蛋的母雞

噢　我願頌揚　我願歌唱
這個世界的美好和妳的美麗
但那園丁的石子
它無情地咬進了我的心窩

畏
光

你的眼神
讓我想起曾經傷害過的一個人
我的表情
一定比你更漠然
我們似乎都在傳遞一種請勿靠近的訊息
用一種最殘忍的方式
於是他們試著接近
已築起的籬笆
想跨進那青青的草地
可是籬笆已上好漆
一種最反感的顏色
看看他們　準備離開了
連園裡的樹都笑得謝了
　　別再回來了
　　是誰先開始這遊戲的呢？
　　只是照規則玩罷了
他們走了　背影拉得老長
夏天走來、走來
蟬兒鼓譟了整片青蔥
像雷吼般刺耳
綠　　內疚得汗了
然後蟬兒脫了殼飛了去
枯萎帶著凋零來了
慢慢地　四處都被漆成了白色
我坐下來
唇凍得裂了

齒間瀰漫一股含鐵質的鹹味
對啊　我們好像會比較喜歡紅色

告別

對不起　我已經很疲倦了
能否暫時讓我放下日常的勤務
我在這裡暫時哪兒也去不了了

請告訴關心我的人　我還是我
沒有減少什麼
或者多了一些什麼
謝謝朋友寄託的友情
家族給予的照護
我沒有缺少什麼
但是得到了很多很多

對不起　我只能這麼說了
我的疲倦已來到了界限
請暫時讓我放下日常的夢境
我需要的是更漫長的睡眠

我也歡喜歌唱
但只有歡喜好像不夠
所有若聽見我的人啊
我還是我
沒有減少什麼

謝謝你們關心我的最後
我沒有缺少什麼
但是得到了很多很多

孕

親愛的母親　妳在哪裡呢？
我好冷好冷孤獨地存在這個世界
所有的海洋都翻覆了
還沒有我能踏上的土
請他們為我鋪上紅毯好嗎？
我不能不能　不能再繼續沉睡下去了

親愛的妳　妳在哪裡呢？
我好渴好渴孤獨地飲盡這個世界
所有的事情我都忘記
所有的事情我都憶起
還要如何妳才願意讓我見妳
我不願不願　不願再孤獨下去了

親愛的你　你在哪裡呢？
我好睏好睏孤獨地窺看這個世界
所有的書頁都腐爛了
還沒有人聽見我的聲音
請你為我做件冒瀆的事
我不能不能　不能再繼續沉睡下去了

寓言

有隻鳥兒在天上飛著
因為見著地上有枚鈍金的指環
牠便降到地上來
從此一拐一拐地走著了

某天牠走過一座橋
瞧水裡那鳥兒的腳環亮閃閃地好神氣
奮力往水裡一啄
從此就在水裡住著了

意
外

我聽他們為我哭泣
這才發現我已失去身體
護士和醫生低下頭
不知是表達難過或歉疚
我的身子無助地飄浮
盯著自己像盯著鏡子
我曾擁有滿櫃的明天
現在卻和昨日斷了聯絡
那些我所擁有的誰將拿走？
還有好多事情我沒有一一交代！
如果神啊祢聽見我的祈禱
請讓我有再來一次的機會　讓我
改正從前的錯重新看待我身邊的人
這個世界不能沒有我！
然後我聽他們為我驚呼
那人已從床上坐起沒有一絲表情
但我還在這裡
然後我聽見他們為我大叫
　　為我哭泣　為我歡笑

刮
刮
樂

未知令人充滿期待
雖然普遍勝算不高
沿著邊邊一路刮向中間
原一心忐忑漸而轉為困惑
銀漆覆蓋的不是數字　而是人頭
居然還打了馬賽克
彩色的方格無法刮除
放在火上或水裡也無異狀
邊緣幾個格內寫有數字（難道是數獨？）
卻不足以拼湊全部的模糊

好
鼻
師

曾經哪個遠方有我們渴望的奧秘
我們可是甘於發亮的糖磚？
如果沒有一條通天的玄梯
我們會否撩著觸鬚在廣袤的大地尋覓？

下
雨
的
預
感

快要下雨了　我告訴你
你不相信
還緊緊追問我用什麼方式得知

快要下雨了　我告訴你
你不相信
直問我為什麼這麼肯定

快要下雨了　我告訴你
你為何還如此頑固站在空曠的草地
好吧　我告訴你
我是看浮雲　排樹枝　擲碎石
管我用什麼方式─
你為何
如此頑固不肯相信快要下雨
還站在那裡
直勾勾地盯著高高堆築的烏雲

下雨了　我告訴你
你一定是腦袋有問題
否則
為何當雷聲大作
驟雨傾盆的時候　放聲大笑
瘋狂跳舞
不停反覆地說
「是的，快下雨了。
你說得沒錯，快下雨了。」

非
自
由
落
體

　　　　　光　影之間瀟灑地舞旋
穿梭於瞬息萬變之溫度
　以及色澤
無論有蟻鬚如何地探尋
不知名的重量如何勾引
　或是遠方有腥羶之廝鬥　幼蛹
　　快速地孵化　又死去
在萬輪光圈之隙
璀璨而斑斕的綠影
　驚顫　翻越　乘御　漂移
　　　　　　　　　　非自由
　　　無可模仿之螺曲

黑
窗

黑色的窗有黑色的邊框
黑色的窗裡外是否一樣
是黑色無所謂裡外之分
窗的意義於是黑得失真

火光

黑暗裡瞬間噴綻的火花
絢燦瑰麗得沒有來由
光暈散逸下一切看似繽紛且永恆

轉眼它便燃得溫吞
偶而搖曳發顫
最終只餘一抹光燭
孤獨地沉入黑暗

卡夫卡的門

門就緊緊挨在那
沒有要說話的意思　守衛說
　　　　　　　請往那個方向

好像有個祕密不能言說
那裏的守衛
說　請往那個方向走
　　那裏的人知道該怎麼做

趕
路

禪寺和山麓　蔚藍的天色
遠方的輕煙跟趕路的醉鬼
都靜靜浮映在一片澄淨的湖面
或許魚兒懂得清楚所有的重量
都只鎮在這紙幽幽秋水只消馬兒一口
就要層層起皺然後破碎

手

我用手輕輕撫摸牠
日漸消瘦的側腹
一天數次牠必須
更換躺臥的姿勢
牠的後肢萎縮已無法站立
腫瘤和歲月的壓迫
讓牠連排泄和行動都無法自主
我輕輕撫摸牠
不免感傷
牠的生命已再無其他
只剩下自己和渾身的痛楚
我的話語牠聽不懂
牠以牠能理解的方式
觀察我，對我乞憐或憤怒
而我
輕輕撫摸牠的側腹
思索　以我能理解的方式
是否有雙手
也默默地看護著我

孤單的燈塔太過孤單
於是他孤單成了一座燈塔
睜著迷濛的雙眼在黑暗中找尋
顛頂顛簸的訪客

如果黑暗允許光線染指
雙眼也就不必指望
更孤單的燈塔因為孤單
而孤單成尋他的燈塔

孤單的燈塔太過孤單

消
波
塊

灘頭的浪一波追過一波不倦地打上堤防
但青春的傷如錐刺一顆一顆綿延羅織
叫那些純粹、美好而真摯的一切
在層層溶斂的乳沫裡聽來刺耳

摺
紙

曾經我們也是一張色紙
想摺房子　想摺飛機
想摺漂亮的帽子
這麼多年過去
我們有些摺成　有些沒有
身上的顏色沒變
多的是那些深刻、執拗的摺痕

如果死神那麼靠近

如果死神那麼靠近
　　可不可以忘記
最初的目的如同孩童
善虐的乳齒
　　　不為口腹才留下痕跡

如果死神那麼靠近
　　可不可以忘義
背信地遠望如同回憶
目送我們
　　　到永遠的他鄉

如果死神
那麼靠近
連夢魘都還在夢境
恐懼彎著脖子
在翅裡聽不見我的足音

如果死神那麼靠近
　　生命所散發的光暈
烈酒是我們的血肉
順著氣泡蒸餾得焦躁

如果死神你那麼靠近
　　你已展現
　　你的威能

如被獵人圍困的猛獸
讓我們借這口呼吸
走到最後

前
世

妳說當妳被引向前世的城街
並看見那一張宿命的面容
一切突然變得清晰再無幽晦　　而我知道
那個人並不是我

終究我會記得那隆隆的潮水　　窸窣的星子
和那夜當妳環住我的頸項
我是如何暗暗自許
我願放下火炬隨妳走去
走去人們不曾懷疑的
小小的幸福裡

但那個人並不是我

於是我揮別永無止盡的浪潮
目送妳隱沒在鑽動的人群
繼續前往向風處
暗鬱的山林
那裏
在我即將到達的時刻
曾有一場大火

晚
安
曲

洋流和潮汐　他們都在哭泣
他們都在傾訴我不能愛妳的原因
終究我們不能知曉
我們身上是否流著相同的旋律
如果海把一切帶走
讓她一起帶走同樣潮濕的語句

我們當向孩子學習
在畫裡佯醉在夢裡轉醒
在傾盆雨裡聽雲的聲音
和煦陽光下將手牽起　雖然
洋流和潮汐　他們都在哭泣
他們都在傾訴我不能愛妳的原因

妳是風　是篝火的響鈴
我是風　是焚灰的晚曲

當浪音改變調性　雲雨醞釀雷絮
我是海洋　是尋旅的終局
　　　　　　必須在災難裡流浪

如果有旅人　沿著海洋的淚痕
　　　　企圖尋找亡失的秘儀
他將聽見微風如少女旋轉
呼喚森林吼奏迷烈的笛音－

　　　　罪人當被斬首
　　　放在她環鑲愛欲的盤裡

洋流和潮汐　　他們都在哭泣

再一次
我將站在翠綠的山頭　　遙望妳的身影
妳是海洋　　是風帆的故鄉
　　　　　　為了倦旅的藍鯨
海豚們正在織著寬闊的被衣　　可是
洋流和潮汐　　他們都在哭泣
他們都在哀唱美麗的歌曲
如果風把一切帶走　　把旅程　　把想像　　把回憶
聽　　　那些哀傷的歌曲
她們都來自一對為愛而生的唇裡
（她們都在唱著我多麼想妳）

黑暗中的光亮

那是個閑靜的午後而沒有任何人會發現
我們是如何打開那扇忘記被鎖起的門
潛進黑暗之中屏住呼吸一階一階
小心翼翼地試圖登上幽塔的穹頂
她走在我身後或許不能了解我的無畏
或是對神祕的嚮往而當我們站上最後的一階
黑暗仍盤佔著祕密不願探險終結
忽然她點亮了光
那往上的天梯就終於浮現
最終我們還是沒有攀探那最後的天光
姑且讓祕密安睡在她高築的巢終其一生
我都將繼續刺探她黑色的守衛
除了有一束光亮那清澈的光芒
領我走向迷霧的彼端我怎麼也不願意失去

更寬闊的天空

在課堂裡我見到更寬闊的天空
可惜更寬闊的天空裡並沒有比妳更鮮豔的鳥兒
不知不覺我變成更寬闊的天空
可惜更寬闊的天空裡並沒有比妳更透明的雲朵
我也想過找尋其他鳥兒其他雲朵
可是我已見過妳
我無法成為更寬闊的天空
如果某天我們回到課堂
不為施行某種無趣的輪替或反覆
我們是否該去打開那扇更寬闊的天空？

後知後覺

晚曳的星光
遠遠地在詩裡閃爍
情人的眼睛　眨呀眨
情人的戒指

星宿早已在黑潮裡沉沒
遲鈍的感官無法捕捉　請點數－－
如在沙裡尋揀色鑽
遲鈍的星光，它們在詩裡閃爍！

圖書館裡的情侶

從書架的孔洞我看見
一對情侶正激烈地熱吻
在這神聖的殿堂裡僭越地調情
為了什麼來到這裡我已記不清楚
竄漲的體溫讓文學哲學與歷史
都超然得毫不真實
我懂得果陀只是個名詞
我懂得存在當是種現象
我懂得肉體終究腐化成鉛字
但我無法解釋無法理解無法穿越
館外冰冷的陽光底這種深深的挫敗與絕望

沈
船

當我
沉重又渾沌的額頭
靠向妳溫熱的心口
如同枕上洪洪深海
再無法覬覦
　的是飽經文明熔煉的那些發光的遺產
祕密將隨之埋葬
不跟洋海起舞
挑撥好事、多愁的心弦

閒
聊

算是一場無心開啟的閒聊
談到彼此的近況和未來的動態
他深諳歷史　擁有過人的智慧
往事種種如根深扎進數個世紀的肌理
而我記得的
不過是當晚與妳爭吵該用哪一支湯匙用餐而已

我們以為歷史是深慮的步伐
有著高度的因果
卻未曾想過
那舞姿並不曼妙
甚至充滿了痙攣與顛簸
我們之所以為我們
不全然是自己作為的後果
那麼我們　我和妳呢？

青春是那樣暴斂
輕易吞沒所能觸擁的一切
夏日悄然盤纏在深邃的樹影
彷彿新蛻的皮
那更熟成的我們卻早已不見蹤跡
青綠的我們是龍葵[1]
而那段時光蔓如顛茄[2]

---

[1]　Nightshade，可作食用或藥用，未熟之果實含有毒性。
[2]　Belladonna，龍葵的一種，含有劇毒，中世紀前曾用作為
　　麻醉。

所以為什麼要開啟一個歷史的話題
說真的我也不明白
生活中有那麼多閒雜小事
哪怕是最近新買的鞋子
或是哪個名人的醜聞
都可嗑上一兩刻鐘
何苦要討論歷史？

歷史的長河主客並陳
他的眼利剖得更清
或許這瞧現在的一切都無關緊要
比如從高處往城市遠眺
又或許從別人的生命
我們更能反省自己做更正確的決定

開始的那天碎綠一片
雲影旖旎
雨花飛得娉婷
星光篩灑如霜
長夜沁涼
夢是輕微伴奏的弦樂

植物沒有藍圖
他們長成他們枯萎
沒有目的地編織他們的生命
我們固著於特定的儀式

習慣用特定的方式交談、用餐
規劃了眾多的街區以獨有的模式喧鬧
追求紛飛迷亂的螢火
我們在這樣的盆皿裡嫁接然後凋謝
我們曾是沒有藍圖的

所以為什麼要在意如何正確地使用餐具呢？
風暴也不會在意她身後破碎的綠園的
歷史無法緯編正如我們無法自拔
陣陣強烈的疼痛才是我們所能理解的
或許我們正順著藤架往上攀去
但最後的結果已可以預料
我願回到星光之中
回到沒有田渠的土地
我能感覺我的歷史
在妳的脈搏中
無意識地隨夢跳動

連環圖

整理雜物的同時
意外發現一本陳舊的書
書頁似乎早變得泛黃　唯獨
在每一頁書角空白處
都有一幅彼此相似的圖
快速翻動起來
彷彿一齣連續的電影
搬演著不特別嚴肅
也不特別有趣的故事
停在其中一頁仔細地瞧
幾乎已達分析的地步
研究圖案的線條
人物的長相
甚至整體的風格
不免也回想可能落筆的時間
與那段時間各種
令人失笑或者鎖眉的細節
那圖畫單獨看來
不特別奇怪
也不特別深刻
即使從頭全部再翻一次
似乎也沒有什麼特殊的意義
不過可以肯定的是
不管是這時或那時
書裡的內容
我從來就沒有那麼在意

弧　不是那樣的
為何
會在此刻想起那些時光
悠然的晚風　以及繁星點點
她像是安排好似地出現在我面前
那麼潔淨　那麼美好
像一束上帝親手揀灑的弧光

但或許我們都該發現
即便如此也無法使我們改變

於是雨夜裡
我想起了那些消失的人們
以及那些曾經炙熱的話語
想像一切重新揮發
像陽光櫛比鱗次地在我身體抽長

喜歡聽著雨聲
喜歡感受光穿過我而偏折
像是穿過杯緣的一摺裂痕
那會割傷唇角的一片利刃
而或許我們也只是如此
以這樣殘缺的姿態存在
除了傷害再沒有其他生存的目的
比如說愛…

深夜是最可怕的時刻
當靈思以充滿智慧的爪攫取
與我們爭奪逐漸衰敗的軀體
每一次附魔都令人越來越迷惑
黑水的盡頭是永恆或是毀滅
不願睡去　又害怕甦醒
連自己都想摧毀這樣可厭的基因
太多思緒
貫透
像黑色的針
扎進乾涸的喉頭
皺紋是一片片的裂痕
刮去記憶粗糙的表皮
磨淬光滑船板　為洗沐光滑的火焰預備
航向未知的水域
叫人清醒的鹹腥

成串的紅燈籠
墜點城街
我們從異鄉歸來卻始終感到陌生
古城也在新的建築裡闔上眼睛
她也在期待黑夜繼續蔓延

或許讓燈籠繼續亮著
即便是最純淨的光
也會在我們的身體偏轉
散射成令人迷眩的彩晶

阿里巴巴

阿里巴巴終於不用再去找四十大盜
他一個人就完勝四十再加四十大盜
他從小學就知道有種神聖的剽竊
不但該被允許還當被應許
如果還有也許就該試著讓它被默許
於是他毫不避諱地看隔壁同學的考卷
直到他抗議他就跟他分享自己的零用錢
等到大點他的技術更加純熟
他決定要在這個領域更加精進
所以他很輕鬆地申請到國外的名校
除了文字他現在連照片和圖像都可以輕鬆地重製
萬丈高樓平地起他深知這個道理
於是他參考各家大師的畫作進而翻繪
賣給那些無力負擔真跡的海內外青年
他們會在畫裡發現帶來靈感的粉末
畢竟阿里知道這個年頭連謬思都不是隨傳隨到
最後他迷上了最極致的藝術
歷代的偉人看著他都對他點頭稱是
雖然沒有立即的需要他還是頂下舊廠房
二十四小時開機為一個夢想
全世界的年輕藝術家都該免於貧窮的恐懼
只要有了數字撐腰沒有藝術不能被創造
可惜偉大的先知總是不能為世人理解
他們幫他換上囚衣讓他免於挨餓的恐懼
他心中的火焰沒有因此熄滅
他抓緊機會把他畢生所學四處傳授

再也沒有人談論四十大盜
因為光是阿里巴巴就有四十再加四十

道成肉身

有個小鎮十分喜愛某位藝術家
千方百計邀請他到鎮上
因為討厭偏僻他總找理由推拖
直到小鎮竟為他蓋紀念館樹立銅像
礙於人情他終於首肯
小鎮隨之聲名大噪
儘管在那之後藝術家不再公開活動
爭相參觀的大批遊客去到小鎮
莫不稱讚銅像
栩栩如生

花
瓶

盛開在最為璀璨的時刻
無上的美麗
淺淺壓上
纖脆的花莖
至為輕巧之傾斜
於是
深深暈染
沉重而輕脆的破裂

文
藝
備
忘
錄

維基[3]式口耳相傳[4]
讓野火[5]閃燃[6]

串聯[7]雲端硬碟[8]
突觸[9]
集體潛意識[10]
間歇地發爐[11]

---

[3] 維基百科(Wikipedia)跳脫以專家編撰字典的模式，讓所有人都能貢獻己知修改同一條目達成對同一事物之共同解釋。

[4] Oral Tradition。

[5] 又稱森林大火。

[6] 指一火場在極短時間內因所有可燃物被高溫同時點燃而造成瞬間全面起火。

[7] 指集合多數共同利用，串聯電路之電壓比單一或並聯電路來得高。

[8] 線上同步儲存技術，個人可將資料存至線上，並可下載至另外的個人電子設備。

[9] 神經元之間傳遞訊息之媒介。

[10] 由Carl Jung所提出，指潛藏於個人，人類世世代代之共同活動、記憶、經驗之痕跡。

[11] 指香爐自己起火燃燒，民間相信此為祖先或神明有事告知之訊息。

雅
各
12

這不是離開的原因
還不是時候
一盅
等待祝福的靈火
長夜漫漫
對手無名
不要鬆手
還不是時候

12　舊約聖經創世紀第32章，雅各遇見一人來和他摔角。那
　　人雖自雅各大腿窩一摸便令雅各腿瘸，雅各不讓那人離
　　去，直至黎明仍無法分出勝負，並說：「你不給我祝
　　福，我就不讓你走。」最後那人問了雅各的名字後，叫
　　雅各改名「以色列」，亦即「與上帝搏鬥的男人」，並
　　給予祝福。

秋

我總是漫無目的
妳總是若即若離
天空一襲晚亮的銀絲絨
又像晨曦又像暮夕

雲總是漫無目的
風總是若即若離
月兒一抹早偷的金眼影
悄悄對我眨個不停

如果不是初秋的雨
　　太香膩
我也貪戀沈鬱輕垂的枝枒
如果不是早啼的杜鵑
　　趕仲夏
我也不願飄飛了去
當滿天花葉紅如晚霞

心總是漫無目的
愛總是若即若離
　　夜鑽雨綴鑲
都　　　屬於妳
我　　　只想借一瓣眼波
　　流浪去

美麗的藍鵲妳是如何
飄洋過海來到這裡　我們可有相同的血液？
妳難道不是深愛血親
為手足為兒女不顧自己？
如今為何不發一語
飛上藍枝　在競選車上棲息？

13　2008總統選舉有感，藍軍以台灣藍鵲作為其陣營選舉圖騰
　　之一。紅嘴藍鵲與台灣藍鵲外型相仿，棲息習性及食性
　　亦與台灣藍鵲相似，有威脅台灣藍鵲之隱憂。馬英九之
　　後總統蔡英文推動「國機國造」，漢翔公司計畫以IDF為
　　藍本製作教練機，也以藍鵲作為其形象。

諧
擬

這畢竟不是六四
沒有坦克人數不多流的血太少
如果企圖解讀就應該清楚
山頂的風光不是山腳所能揣度
身處邊陲我們更當思危
登高眺遠只有星星沒有太陽
我們是太平洋中間
即將翻轉的沙漏的頸項
如果我們只在乎數字
就不能忽略數字象徵的效益
啊，還有英文字
要更小心地措詞
選擇筆順優美的文字
這畢竟不是六四
但我們不容許暴力破壞法治
摧毀民主的價值
國家未來何等小事
毋須勞心檢視
你也同意
這不是國會　沒有共識
畫面熱鬧說話的人太少
區區小事　何足掛恥
身而為人　應該不必贅述
這畢竟不是國家
沒有領導　聲音太多懂的人太少

國防總預算

立委們挑燈夜戰，交頭接耳
針對預算書上的骨董專業評鑑
這是一場由底價往下殺的拍賣會
若不是我們的生活太過貧困
他們不會放棄藝術增值的機會
挪動經費以援資我們無力負擔的高階立法人員服務
太平時代毋須干戈相對
於是守門的衛士從此舉槍
面門而站

登
高
望
海

登高望海
望向那片愛憎交織
迎來商船也迎來戰船的海
倏而憶及
久居此處
有幸借宿的
那些過客
我們看的可是同樣的海？
原以為會改變的
只有所謂經濟或是地理
誰知就連回憶
連血液
也會更改
不，我們不能繼續等待
管那天際張起的帆是黑或者是白
海依舊是海

Missing Dates

去死吧
安心地赴死吧
透過腕際的導管
讓綠色的汁液滲入你的心臟
這個時代與下個世代
所有藝術家當爭相注射的寶血
你潮紅的血液不會了解
現在的你奄奄一息
你連唇語也不引我注意
我會好好接管你的遺產
不用擔心你的遺囑
律師們還要忙著處理其他的事
至於醫生
他們有更重要的人物
要救　　所以
去死吧
安心地赴死吧
眾人將以我們馬首是瞻
陳舊的你和你的藝術
都將在時間的蠹蟲裡敗腐
除非你的身體
懂得學會沐浴
這綠色的血液

剪　　　　或許這是好的
　　　　　在胃裡擺一疊耙釘
　　　　　讓它們同剪刀一般剪斷味蕾、腸卷、和神經
　　　　　然後延髓、前葉、攝護腺
　　　　　紅白血球、血小板
　　　　　脫殼置換口跟鼻
　　　　　不等月光來孵孕

　　　　　生命會找到他的出口
　　　　　路過的沒有猜謎的機會
　　　　　或許這是好的
　　　　　咬斷他們的喉嚨
　　　　　在他們胃裡養一疊耙釘

我同那人講述那個刑天他娘的故事

他問我人死了，還能說話嗎？我告訴他人死了非
　　但可以說話，還可以走路咧！

他的臉整個猙獰，扭曲得不敢相信，如果只是三
　　言兩語，我看難洗他臉上的五顏六色。

所以我準備告訴他那個有關刑天的故事，可是我
　　實在已經記不清楚，拐個彎就跟他說了個刑
　　天他娘的故事。

我說從前有人嫌影子髒，把影子剪下來送給了
　　人，現在想把影子找回來，因為沒有影子他
　　找不到光。

我笑著又說那人可真有趣，等到真的找回影子他
　　才詫異，為何自己的影子竟是有身無首。

末日之題

當末日來臨之時
只有我被解放
我握有通往他世的鑰匙

在沉重的門扉之前　步道兩側
關有罪人
一為聖徒一為魔鬼
但鑰匙只能開啟一次

於是我把鑰匙交給魔鬼
讓他放出聖徒
他們便一同解開了那個謎題

即使末日也要跪悔求梳我們的獵鬚

姑且讓語言毀滅如果我們已不再書寫
或是談論有關藝術　讓它們淹沒於冰河
任斷層推移
　　除非　病毒繼續流行
　　建立新的特徵然後屠獵免疫
最精巧的載體來自長久的變易
或者不可思議的堅忍
讓我們爬過骨骼和廚餘
　　匍匐於溝渠及墓地
用最齷齪的心眼啃囓死物
　　　也不放過腐蛆
　　　儘管在排泄物裡翻滾
　　　彼此挑釁　逗嘔　裝病
末日也不是對手　他們也要跪悔
求梳我們的獵鬚
凡化膿腐敗的都是臣子
最腥臭最黏稠的我們的家園
是死神也被囚禁的邊殿
在我們圓滾肥嫩的肚皮
　他們會發現極致繁茂的伊甸
敗德腐壞的文明當跪俯於敗德腐壞的王座
或者如果他們不堪帶垢的腸道
讓他們融化染血的樹脂　　　摺疊
做宇宙間最短距離之跳躍
避開錯亂雙面旋轉的樓梯
然後驚覺　末日將不會放棄來臨

但他們也要跪悔
求梳我們的獵鬃

香
灰

供在桌前的花已顯疲態
纖細的枝腕微彎
垂散沉重的花瓣那麼潔白
菩薩的姿態
未改　雙腿一屈一盤
是動念也是養息
掌際的瓷瓶　潔白
未改

我留下悲垂的奉花
並將花瓣撿起
連同香爐裡微溢的香灰
林立的紅柱
灑進業已退溫的金爐
唯留那些深深埋在白灰裡
牢牢拱架那抔土的紅竹

縫　　　牆上有條痕靜靜地裂開了
　　　　如太平洋那般沉靜　四月天那般渾沌地
　　　　　　裂開了
　　　　油漆無法阻止它的延展　儘管它細得放不進
　　　　　　一張紙鈔
　　　　不夠年輕的眼睛甚至
　　　　不能察覺它的呼嚎

　　　　我於是欹身試著觀察　卻連細微的光線也
　　　　　　不能看見
　　　　它只是自顧自的往兩邊延伸　無力動搖陳舊但
　　　　　　堅固的構造

　　　　愚者如我仍浪漫地幻想
　　　　或許有那麼一天高牆會為它倒下
　　　　但我們是否做好了思想的準備
　　　　去迎接那個牆外的世界？

夸父

我們永遠都在追逐
追逐那不落的日出
當渴了　就舔吻結晶的海洋
當餓了　就牛飲飽漲渾風
直到攔下那一切的源頭
連神也在等待我們的質問
可惜故事是這麼說的
我們當永遠追逐
追逐那不落的日出
終有未竟全功的時刻
但他們渴了　就啄吻海洋
　　　餓了　就與蚯蚓爭土

〔美麗的珍珠為誰所鑄〕

美麗的珍珠為誰所鑄？
為了哪一隻耳朵或哪一柄劍托
為了哪一件名貴的首飾
如海螺般低沉地喚著漸攏的船艦
美麗的珍珠為誰所鑄？
為誰在深邃的海底
飽吸腥甜的乳汁

荒土之上誰與峻風作唱？

荒土之上誰與峻風作唱？
甜美的歌聲化作唉嘆
化作冷冽的咆嘯

戰士已經倒下
除了骨骸全還給塵土
邊疆再不需要他來守護

白色的地碑是生死的界線
界線兩邊烈日照映得清楚
滾滾黃沙恣意起舞
荒土之上隨峻風作唱

〔典範總是存在〕

典範總是存在
無窮盡之荒漠有一瓢綠洲蜿蜒地從
　　水龍頭溜走
彷彿有種不能被體現的能源
正花枝招展地在進行炫耀

水龍頭的水當然要經過煮沸
等到蒸氣衝出壺嘴
不管是什麼鏡片都要領悟欺騙
恍惚之間唯有盲人看見
黑暗裡若跟著火　就不會走丟

索性扭開一盞燈　打開一本平裝冊
騎上150的重機車
蒐集高壓電塔的編號

林懷民和他的舞者在招手
陳映真豎起了他的大拇指
林義雄眨眨眼
到處都是證嚴
風景難免模糊
畢竟還不習慣急速
如果能夠多加練習
或許有成仙的可能

可是神仙可有大過他們？
這些侏儸紀的祖宗
踢踢他們的尾巴
冒煙的車身竟莫名地震了一下

這才了解原來時差
正在分化　正在潛移默化

哪怕一道不露臉的閃電灼痛鼓膜
三半規管也就熟悉了那震動
然後召喚火球與塵埃
待霧在冰天雪地裡融解

但這豈是方程式的唯一解？
畢竟典範總是存在

那麼去貢寮看看
那裏有座城邦等待被建立
可是也曾看過長崎、看過廣島、看過車諾比
貢寮有什麼稀奇？
如果懂得投資也知道
不會有那麼多金磚四國
（那VISTA五國呢？）

侏儸紀的他們可曾想過
有關遞增稅率之類的問題？

某隻不願具名的靈長類在扭開水龍頭的同時
難道可能知悉那埋管線的傢伙與他的基因
差異只有不到百分之一？

生水當然要經過煮沸
他們也都經過變壓
而當青春學會了半衰
生命也算成全了三態

典範總當存在

太古之上（行星組曲）

巨大的餘暉如你巨大的身影　投在
輪廓曖昧的山頭
那顏色分明
是太沉了

我看不見海
我看不見浪霧那端所謂永恆的國度
當眾人都曾議論紛紛
然後對不再微垂的枝條施以緘默
我不去思考有關玫瑰有關樹
我不去思索打造那巍巍不滅的靈光
永恆　就在這裡
就在我腳底
這畦芬芳與惡臭混雜的土裡

我曾見你筆直地朝那緣走去
即使沒有你的祝福
我也會走向另外的國度
　　曾經死去的當知道沒有復活
　　我們只是毫無意義的反覆
但如果你能感受到這曲溫度
　　願意信仰這不可或缺的瘋狂
請跟我來
　　讓我們奔向　那巨大的死亡

我是太陽！我是一切的力量！
　　所有風向在此起降
　　所有回歸從我迴旋
讓我們揮霍積儲千年的日光！
讓我們在夜裡也大聲歌唱！
　　摧毀歷史！摧毀時間！
　　摧毀對於過去的想念！
讓我們燃燒如明艷的火球
　　　焚煉青春
　　焚煉永恆的現在
不再聽令於季節或內分泌
然後知道未來的浪漫主義
　　　　　浪漫的未來主義　並且詠唱－
我是太陽！我是一切的力量！

　　當有人問起
　　讓這首詩在他們心裡迴盪：
　　（詩體變異自體受精　我
　　　是我自己的父親）

按照慣例　讓我們宰殺為人父者
推倒所有的雕像
放牠叼著謎語飛走
難道還要勉強地看我們和母親
做怎麼樣令人高興的事情嗎？

我的兄弟　我的兒啊
你們不是彼此的看護人　儘管去玩去吧
反正你們我一個也記不住
她們隨著河水已不知流向何方

我是太陽，我是一切的力量

魚兒成群　逡巡　善產且守信
逆流的終點是死亡的開始
儀晷也就不再藏著刻度
而毫無意義的反覆
　當不能有意義的反覆
於是有了屏障　用以阻擋
卻以為幽影就是日光
（我們不願直視那叫人目盲的太陽）
於是陵墓緩緩下降
獨鍾情新鮮的肉體
智慧在飽滿的花苞裡蠢蠢欲動
　落鉤　下拓
但那尋找的
必不找到

讓船順著水流　鉤順著波走
願意上鉤的沒有逃走的理由

沒有無奈　沒有難堪
沒有尷尬羞恥或是厭惡
幸福若是滿足若是愉悅
若是充滿無所求的感受
別用道德來說服我
夕陽都破了處
哪怕再拿明天來反駁
罐頭裡的魚已經跳出水面
拉成一張弓整的月
在無盡的夜裡完成周期
產下滿池的卵
等待貪睡的孑孓
來採精血

誰是太陽？誰是一切的力量？

他們像狼群將我撕裂
　　　像獅群分食我的內臟
但我將站起像個白癡
嘲笑他們對我做的我也不知道的事情
然後一隻接著一隻
我將咬斷他們的喉嚨如他們咬斷我的
嚼食他們或許不太美味的血肉
來　跟我來吧
讓我們潛入龐闊的暗林

也許樹海某端會有你在找尋的答案
是　請別在意我鮮紅的唇蜜
走吧　讓我們出發

誰是太陽？
管他誰是太陽！
反正事情總會走到更糟糕的方向

或許當你來到這裡
也是你該做出抉擇的時候
但別忘了當你做錯決定
你的腳將不再行走而需同我一樣與蚯蚓爭土
而很抱歉我必須說　我並不是你在找的那個人
林子是這麼來的

別再說了　不是說過
我將不去思考有關玫瑰有關樹
當所有的塔樓都坍塌
我仍會記得那不滅的光亮
鬧劇何時才要停止呢？
我已經飲盡了忘川的河水
卻還不見她的蹤影
噢！惱人的歌謠
妳還要領我到哪一片河床？

當眾人都還在議論紛紛
（詩體變異自體受精　我
　是我自己的父親）
我凝望那不曾微垂的枝條
我望向太陽
我望向我
夏天的果實　吃了吧
所有的風向從此起降

永
泰
興
14

其實我也只是受人之託
平常的我
並不太吃酸甘甜這類討喜的東西
他們琳瑯滿目地擺滿了整間屋子
我東看西瞧一時也打不定主意
倒是在屋子中間發起了呆而後發現
或許我們從來也就不是討喜的人
或許也有一天我們會被精巧地裝起
和他們排在一起但是
那又如何？
我們並不在那裡
總有種神聖的工藝
那麼昂然且純粹不在果實、糖水、
陽光、調味、包裝
或是最後的製品
雖然每個夏天來臨之時
他們會再見我
但那並不是我
我不在那裡

14　為台南老街一遠近馳名之老字號蜜餞專賣店。

夜行軍

時代已經腐敗
難道沒有理想可以抵抗誘惑及囁嚅？
我們扛起旌旗踏過先王的墓塚
刺傷他們的魂魄　連神佛也懼怕
我們刃上的寒光
可是我們早該發現
太陽已陷至最西的位置
在我們身後拉出最長的陰影
就要來了　被我們所驅趕的
就要來了　除了及早交換暗夜的盟約
我們無人護佑

已經是幾時了呢？
接下來輪我接誰的班？
漫漫長夜我們仍需繼續趕路
一旦確定了方向　勇氣是唯一的羅盤
噓
瞧那些晃動的火光
拿著火把他們以為自己不是黑帝的奴僕
讓我們繼續前進
這旗不能倒下
當光明的時刻來臨
他們自會跟上

焚
而
不
燼

來吧　我已經等待了很久
再長的等待也不會讓我離開
在這片荒野我已經見得太多
祢只是他們其中之一

來吧　儘管燒燼我的花葉
再烈的火焰也不會讓我倒下
這熊熊的業火也是我的枝葉
祢只是他們其中之一

國家圖書館出版品預行編目

太古之上 / 島著. -- 臺南市：來者, 2017.05
　　面；　公分
　　ISBN 978-957-43-4530-4(平裝)

851.486　　　　　　　　106006864

太古之上

作　　者　島
出　　版　來者
印　　製　秀威資訊
　　　　　114 台北市內湖區瑞光路76巷69號2樓
　　　　　電話：+886-2-2518-0207
　　　　　傳真：+886-2-2518-0778
網路訂購　作家生活誌：http://www.showwe.com.tw
　　　　　博客來網路書店：http://www.books.com.tw
　　　　　三民網路書店：http://www.m.sanmin.com.tw
　　　　　金石堂網路書店：http://www.kingstone.com.tw
　　　　　讀冊生活：http://www.taaze.tw

出版日期：2017年5月
定　　價：180元